UNE LARME

A

La Princesse Marie.

Les Reines ont été vues pleurant comme
de simples femmes, et l'on s'est étonné
de la quantité de larmes que contiennent
les yeux des Rois.

CHATEAUBRIAND.

En vain Dieu la plaça sur les marches du trône !
En vain son front brillait de la noble couronne
Que l'art et le génie obtiennent ici-bas !
Fille de Roi, poëte, artiste, jeune mère,
Elle allait confiante au bonheur sur la terre....
   La mort suivait ses pas.

Comme la fleur des champs qui s'effeuille à la brise,
Pauvre fleur, elle aussi, résignée et soumise,
Au souffle des douleurs vit son front se flétrir,
Jusqu'au jour qu'il fallut, à son cinquième lustre,
A ce qui rend heureux, à ce qui rend illustre,
   Dire adieu, pour mourir !

Hélas ! et ce fut loin de ton auguste père,
Loin de ceux qui guidant ton enfance première,
Des royales vertus avaient su te parer ;
Loin de ton doux berceau, loin du ciel de la France ;
Sans qu'un baiser de mère allégeât ta souffrance,
          Et te fit espérer !

D'une lente agonie épuisant le calice,
Au Dieu mort sur la croix tu fis le sacrifice
Des splendeurs qui rendaient ton destin si brillant !
Tu ne regrettas rien, à ton heure dernière,
Que ton pays, le Roi, ta noble et bonne mère,
          Ton époux, ton enfant.

Le front resplendissant de saintes auréoles,
Ta lèvre murmurait de sublimes paroles ;
Dans la divine extase où te ravit la foi,
Tu voyais s'abaisser les célestes phalanges ;
Ton oreille entendait les chants sacrés des anges....
          Le ciel s'ouvrait pour toi !

Oh ! que par nos regrets ton âme consolée,
Contemple, sur les pas de ton froid mausolée,
Le peuple s'inclinant, de Marseille à Paris :
Il sait combien de pleurs versent les yeux des reines !
Mais leur douleur profonde a passé dans ses veines ;
          Il n'en est plus surpris.

Non , le peuple jamais ne perdra la mémoire
De celle qui , vouant son génie à sa gloire ,
A , d'une main savante et d'un cœur tout français ,
Fait revivre à ses yeux l'héroïque bergère ,
Qui , changeant contre un fer sa houlette légère ,
  Arracha la France aux Anglais.

N'as-tu pas tressailli sous ton épaisse armure ,
Quand celle qui vengea ton beau nom de l'injure ,
Passait , dans son cercueil de larmes entouré ;
O JEANNE ! dans la ville au mémorable siége ,
Quand tu vis s'avancer le funèbre cortége ,
  Ton marbre n'a-t-il pas pleuré ?

Triste rapprochement de votre destinée !
Pour prix de ton triomphe à mourir condamnée ,
Sur le bûcher fatal tu te vis attacher ;
Marie obtient la gloire en immolant sa vie ;
Et , l'âme consumée aux flammes du génie ,
  Elle aussi meurt sur le bûcher.

Honneur, honneur à vous ! nobles filles de France !
A peine aux jours dorés de votre adolescence ,
La mort vous moissonna ; mais la patrie en deuil ,
Comme fait dans son cœur une mère chérie ,
Unira désormais *Jeanne d'Arc* et *Marie*
  Dans son amour et son orgueil.

C'est qu'elle avait compris, la noble jeune femme,
Que parmi les grandeurs, c'est la grandeur de l'âme
Qui nous fait ressembler à la Divinité ;
C'est que, pour traverser les terrestres abîmes,
Son âme s'élevait sur les ailes sublimes
    De l'Art et de la Charité !

Saintes larmes du pauvre ! oh ! montez sur sa trace
Jusqu'au trône céleste où sa vertu la place ;
Soyez sa pure offrande aux pieds de l'Éternel !
Du malheur consolé noble et touchant emblème,
Brillez sur les fleurons du sacré diadème
    Qui la couronne au Ciel !

Et vous que nous pleurons, ô princesse chérie !
Dans les palais des cieux, à côté de Marie,
Du peuple et de son Roi devenez le soutien ;
Tournez, avec amour, vos regards vers la France,
Vous fûtes son honneur, soyez son espérance,
    Et son ange gardien.

Ch. DE MESNAY.

*Extrait des Mémoires de l'Académie des Sciences, Belles-Lettres et Arts de Besançon,
Séance du 28 Janvier 1839.*

L. SAINTE-AGATHE, IMPRIMEUR DE L'ACADÉMIE.